KRISTYNA LITTEN

BERTI & BLAU

Natürlich **magellan**

FSC
www.fsc.org
MIXTE
Papier issu
de sources
responsables
FSC® C005461

Wir pflanzen Bäume
Für unsere Umwelt
www.magellanverlag.de

**Hergestellt in Italien
Gedruckt auf FSC®-Papier
Farben auf Pflanzenölbasis
Lösungsmittelfreier Klebstoff
Lacke auf Wasserbasis**

Für Mum und Dad – KL

2. Auflage 2019
© 2018 Magellan GmbH & Co. KG, Laubanger 8, 96052 Bamberg
Die englische Originalausgabe erschien unter dem Titel
„Blue & Bertie" bei Simon & Schuster
Text und Illustrationen © 2014 Kristyna Litten
Published by arrangement with Simon & Schuster UK Ltd
1st Floor, 222 Gray's Inn Road, London, WC1X 8HB
A CBS Company
Übersetzung: Kristina Kreuzer
Umschlaggestaltung: Carolin Glaser unter Verwendung
einer Illustration von Kristyna Litten
ISBN 978-3-7348-2044-1
Druck: Rotolito, Italien

www.magellanverlag.de

KRISTYNA LITTEN

BERTI
&
BLAU

Aus dem Englischen
von Kristina Kreuzer

magellan

Berti und die Giraffen machten JEDEN TAG *das Gleiche*,
immer zur **gleichen Zeit**. **Mümmel, mampf** – knabberten sie
die süßen Blätter aus den Baumkronen.

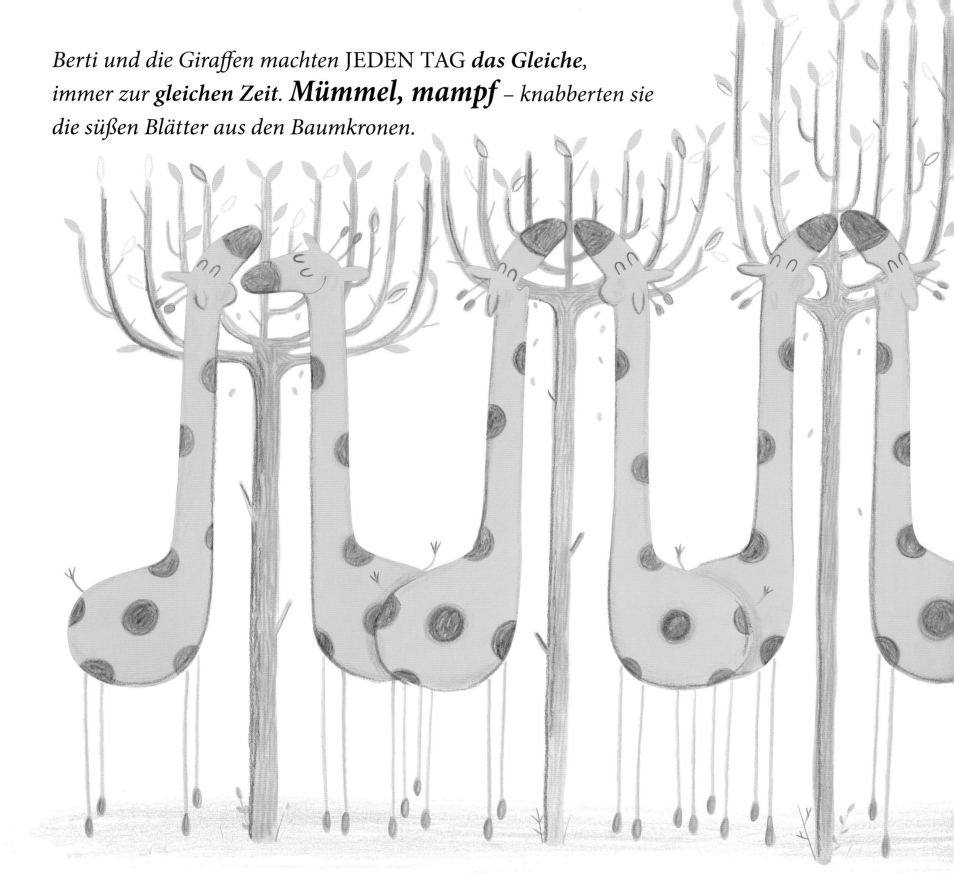

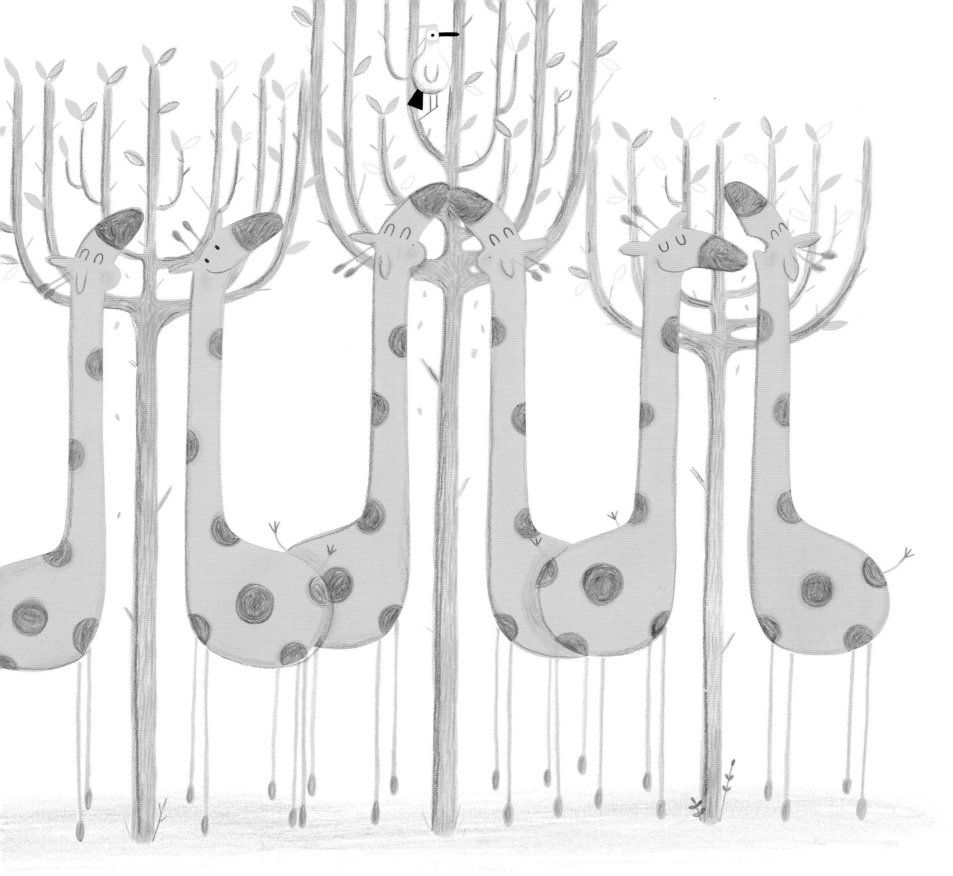

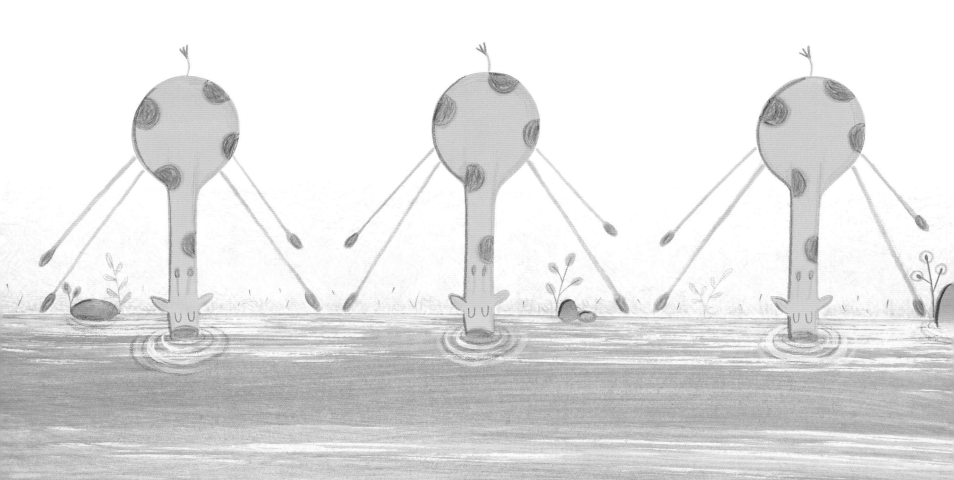

Schluck, schlürf – erfrischten sie sich mit kühlem Wasser am Wasserloch.

Und wenn sie müde wurden,
rollten sie ihre langen Hälse ein und
schnarch, schnarch, schnarch –
machten sie ein Nickerchen.

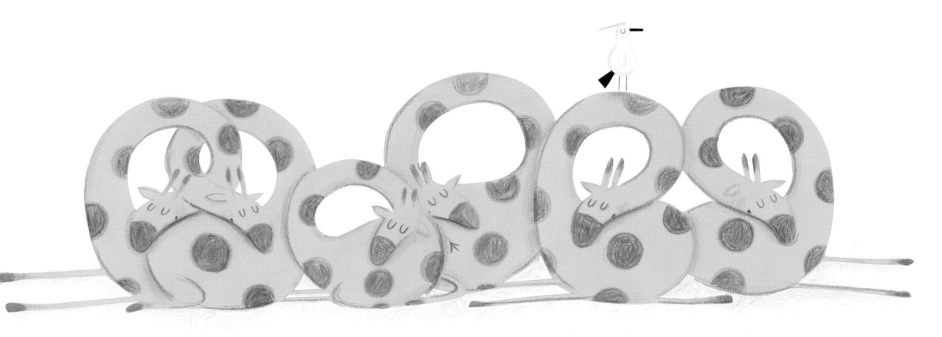

JEDER TAG war wie der andere,
und genau so mochten sie es.

Mümmel, mampf.
Schluck, schlürf.
Schnarch, schnarch, schnarch.

Aber dann, EINES TAGES …

HATTE BERTI VERSCHLAFEN!

*Als er aufwachte, merkte er, dass er **allein** war.*

Und ER WAR NOCH NIE ALLEIN GEWESEN.

„*Was mache ich bloß?*
Was mache ich bloß?“, sagte Berti.

„*Soll ich nach links gehen?*
Oder nach rechts?

Vorwärts? **Oder zurück?**“

BERTI HATTE
SICH VERLAUFEN.

Dicke, salzige Tränen liefen ihm über die Wangen.

WIE SOLLTE ER NUR WIEDER NACH HAUSE FINDEN?

PLÖTZLICH *hörte Berti ein Geräusch.*
„Hallo?", *rief er.* *„Wer ist da?"*

„Ich weiß, dass du da bist",
sagte Berti mutig.
„Und ich habe
keine Angst vor dir."

„Aber vielleicht habe ich
etwas Angst vor dir",
sagte das Wesen und trat
schüchtern einen Schritt vor.

BERTI STAUNTE.
Das Wesen sah genauso aus wie er, aber es war – BLAU!

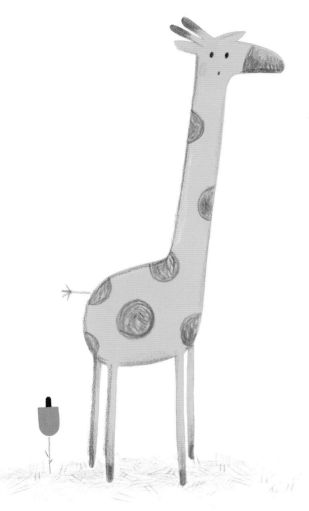

„Sei nicht albern", sagte Berti schließlich.
„Du brauchst keine Angst vor mir zu haben.
Ich bin nur eine Giraffe,
die sich verlaufen hat."

Die blaue Giraffe lächelte.
„Ich kann dir den Weg nach
*Hause zeigen, **mein Freund**",*
sagte sie. „Wenn du willst."

NATÜRLICH WOLLTE BERTI!

Also liefen sie **trippel, trappel, trippel, trappel**
zusammen weiter. „Alles okay, **mein Freund?**", fragte Blau.

„Mehr als okay", sagte Berti. „Ich wusste gar nicht,
was es hier alles gibt!"

Trippel, trappel, *liefen sie zusammen weiter.*

„Das ist ja toll!", rief Berti.
„Guck dir das an!"

„Das sind die seltsamsten Blumen,
die ich je gesehen habe",
sagte Blau lächelnd.

Und dann …

Galopp, Galopp, Galopp - HUUUI!

„Ich fühle mich so frei", *rief Berti.*
*„Du bist auch frei, **mein Freund**"*, *sagte Blau.*

Der Weg zusammen war wunderschön.
„Ich hätte nie gedacht, dass es so viel
zu entdecken gibt", sagte Berti atemlos.
„Danke, Blau."

„*Wollen wir uns morgen wieder treffen?*“,
fragte Blau.
„*Das geht leider nicht*“, *antwortete Berti.*
„*Morgen muss ich mit den anderen*
mampfen, schlürfen *und* **schnarchen**.“

„*Oh*“, *sagte Blau traurig.*
„*Naja, also dann …*“

„… da drüben ist deine Herde.“

„Oh ja!“, rief Berti.
*„Hallo! Hallo! Ich bin's,
ich bin wieder da!“*

„Tschüs, Berti", sagte Blau und drehte sich um.

„Blau, warte!", rief Berti. „Kommst du nicht mit?"

Blau zögerte.

„Aber ich bin anders als ihr."

„*Vertrau mir, **mein Freund**“, sagte Berti.*

Berti hatte recht.
Blau passte **perfekt** zu ihnen!

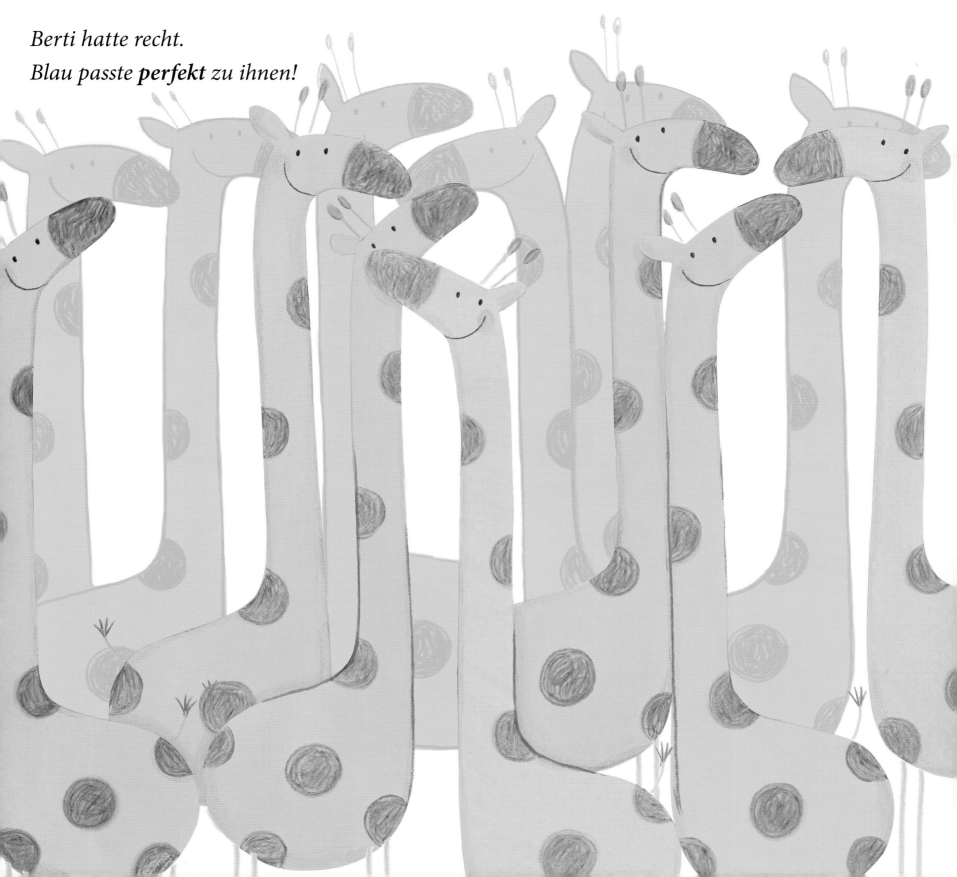

VON DA AN **mampfte**, **schlürfte** und **schnarchte** die Herde noch immer. *Aber sie machten die Dinge jeden Tag ein kleines bisschen anders.*

UND GENAU SO MOCHTEN SIE ES.

UND DAS BESTE WAR: *Berti und Blau*
*blieben **die allerbesten Freunde**.*